改元前後１４６２日の日本の風景

「四季を重ねる俳句集・二百八十八句」

吉澤兄一 著

目次

ま・え・が・き　4
「Ⅰ」初春の自然と風景　7
「Ⅱ」初春の生活風景　15
「Ⅲ」初春の世の中と世情　23
「Ⅳ」仲春の自然と風景　31
「Ⅴ」仲春の生活風景　39
「Ⅵ」仲春の世の中と世情　47
「Ⅶ」夏の自然と風景　55
「Ⅷ」夏の生活風景　63
「Ⅸ」夏の世の中と世情　71
「Ⅹ」晩秋の自然と風景　79
「Ⅺ」晩秋の生活風景　87
「Ⅻ」晩秋の世の中と世情　95
あ・と・が・き　104

―ま・え・が・き―

　バブル経済の崩壊とその後の経済景気後退期が、〝平成〟を平和に平穏に過ぎた時代にみせた。平成の30年は、概ね三期に分けられる。

　平成初期のバブル崩壊による土地価格の大暴落と銀行の不良債権処理と金融破綻。次の10年が、金融不安からくる貸し剥がしや雇用減退の不景気。そして、その後の大胆な金融緩和とアベノミクスおよび公文書隠蔽破棄や忖度などの政治スキャンダルで、平成の終りを迎えた。

　平成31年4月31日（平成）天皇の退位を昨日にして、翌5月1日（令和元年）より令和の時代がスタートした。そして令和2年の春を迎えると、世の中が新型コロナウイルスの襲来に喧噪した。たまらずＷＨＯが世界的な新型コロナウイルス感染拡大への警告パンデミック宣言を発出。この日（２０２０年３月11日）のＣＯＶＩＤ―19感染者は、日本の６２０人（死者15人）も含め、世界全体の感染者は12万人（死者４３００人）であった。

パンデミック宣言（3月11日）から8ヵ月後11月11日の世界全体の感染者は、実に5200万人、同死者130万人と拡大、日本の感染者も12万人（死者1850人）に拡大している。このように激変した改元前（平成）後（令和）にもかかわらず、日本の四季は毎年同じように移ろい、人々にそれぞれの季節の風景を楽しませてくれる。

平成終わりの平成29年と30年の24ヵ月と平成31年の4ヵ月を含む令和元年と令和2年の24ヵ月を改元前後とし、1年を1〜3月の初春、4〜6月の仲春、7〜9月の夏、10〜12月の晩秋に区分して、この間の詠句288句を私撰し、「四季を重ねる俳句集」にしました。区切り区切りに拙い〝エッセイ〟を添えましたので、毎度の友人谷内田孝画伯の中扉絵とともにお楽しみください。

令和2（2020）年 12月 筆者 吉澤兄一

初春の自然と風景

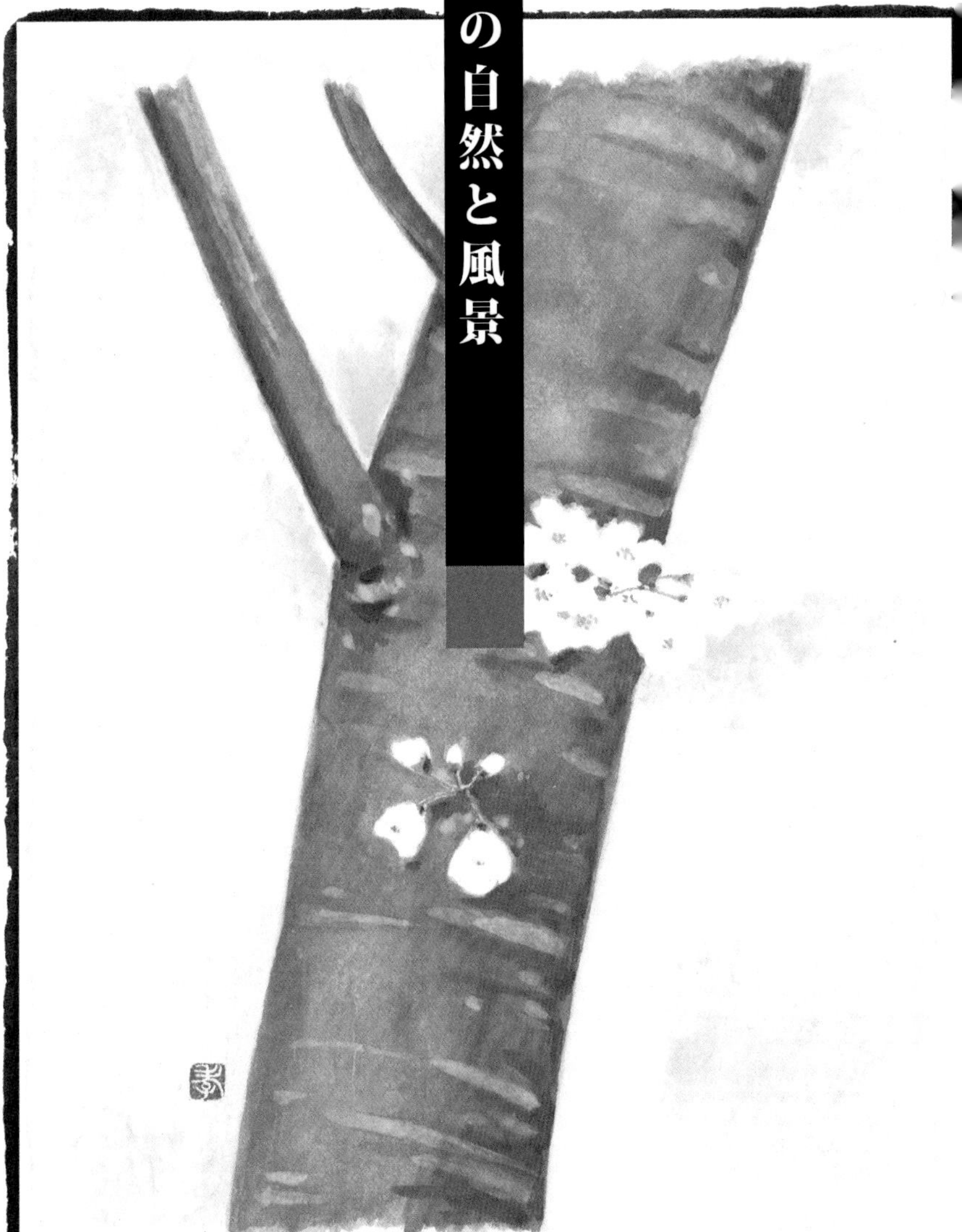

「Ⅰ」初春の自然と風景

雪解風揺れる榛の木ヒワの群

スズメ（雀）ほどの小さな野鳥ヒワ（鶸）が、春の訪れを知らせる。

シベリアの方から渡ってくる小さな鳥だ。榛の木の枝先などに群れをなして、枝先を揺らして雪解けを知らせる。

水が温み、小川が賑やかになると春。カエルやシマドジョウが賑やかに動きまわる。山茶花や梅花の香りが、目白や四十雀を誘う。

里山の桜や椨の根元には、紫（花）大根や二輪草の花が広がる。巨木の大島桜の胴吹きした新芽に白い蕾花を見つける。

花ダイコン

1．2017（平成29）年 初春の詠句

偏西の風の痛さや冬土用
若沖の鳥振袖や年始会
青空に霞む筑波や春隣
鶯の呟き聞こゆ無位の人
風さやか屋根より雫春隣
青空が誘ひし土手の青き踏む

屋根雫（長谷寺）

2．2018（平成30）年初春の詠句

雪布団包む草木や春隣

静けさに足音残す初詣

山里の温む小川のシマどぜう

雪解《ゆきげ》風揺れる榛の木ヒワの群

粗々し鶯の声春惜しむ

水温む野菜洗ひの樋を引く

ヒワの群れ

バブル崩壊から経済後退期を滞りなく平和に過ぎた平成の30年。国際協調傾向が崩れそうになってスタートした2017年だが、一方ではサステナビリティ（持続可能性）コンセプトや地球環境や自然との共生思想が、静かに浸透していた。

地方の中山間地や農村の田畑は、耕作放棄地や原野化が進む一方、コンクリートやアスファルトで土の匂いを失った都会。街路樹の多くは繁る枝々の ブッタ切り剪定により醜い裸木を晒している。高層のコンクリート・ビルや マンションが林立する都会に、「都会に緑を」の掛け声だけが残る。

3．2019（平成31）年初春の詠句

水涸るる小川の蛙声嗄るる

初雪や着物の裾のスニーカー

限界村枯れ大木の寒鴉

鍬肩に背伸ばす老夫雨水晴

里山や椨《たぶ》の根元の二輪草

風さやか脱ゐだ上着に花一片

二輪草

4．2020（令和2）年 初春の詠句

古巨木の新芽胴吹き空青し

朝日さす手水《ちょうず》柄杓《ひしゃく》に四十雀

一輪の梅花を覗く目白かな

大暴れコロナウイルス春嵐

川蜷《かわにな》の足跡なぞる鯰かな

かめ虫のパンデミックや春匂ふ

胴吹き白桜蕾花

丁酉《ひのとどり》年は、革命の年や激変の年と言われた２０１７年。その年の衆院選（10月22日）は、安倍自民党が圧勝。第４次安倍内閣が発足。翌年、平成が令和に改元された（２０１９年5月1日）。

森友（国有地格安売却）や加計（大学獣医学部新設）問題などと、防衛省（日報）や財務省（森友）などの公文書隠蔽破棄や役所の忖度問題などで汚れた安倍政権が続く。豪雪（西日本や首都圏）が続く巷では、自給率が低い食料の大量廃棄問題や国内外の水問題に、新型コロナウイルスの感染阻止が問題化した。

小川の水の温もりや春隣りを知らせる大島桜などの幹咲きや胴吹き桜の白い蕾花や香る梅花が、四季の移ろいを教える。

初春の生活風景

「Ⅱ」初春の生活風景

母娘してかの日を語る雛仕舞

初詣やおせちで迎えた初春。少しずつ、新しい年が始動する。

初出勤するサラリーマンが、ペンギン歩きする雪の道。合否や内定取消し通知などに背を丸くして歩く若者が、もの淋しい。

鶏と豚《にく》を混えた七草粥や鰯の頭や柊も飾らない節分で初春を祝う。

冬休みの子どもや松の内を静かに過ごすお年寄りの後姿が、雪解けや春隣りを伺わせる。

初　雪

1．2017（平成29）年初春の詠句

七草の一日早めの粥食す

賀詞交す昔の友の名前出ず

ジョギングを止めた足元蕗の薹

薄氷突くザリガニするめ喰ふ

母娘してかの日を語る雛仕舞

青空の誘ふ観梅常磐線

雛祭壇飾り

2. 2018（平成30）年初春の詠句

青い空初手水する建長寺

忘れ物何かを忘れ鬼やらひ

燥《はしや》ぐ子らカタクリの咲く楢林

介護園余寒のベッド壺中かな

曇天の避難生活七年忌

金華山城の夕べの春の月

建長寺

平成もあと1年ほどになった平成29年12月8日（閣議）、（平成）天皇陛下の退位日が決まった。２０１９年（平成31年）４月30日にご退位。

激変の年と言われる丁酉《ひのととり》年の２０１７（平成29）年は、トランプ大統領の米国がＣｏｐ25やＴＰＰなど国際協調路線を崩し、自国ファースト化。

自然や地球環境保全への協調が後退する一方、経済や貿易環境はグローバル化が高まる。農産物や食料品を海外に依存する日本なのだが、一方で食料品などの廃棄では、世界の他国に突出して多い。食料自給率が低い島国日本は、食品ロスと食料廃棄の極小化に努めなければならない。

3．2019（平成31）年初春の詠句

運針をしたことも無し針供養

光る朝喜寿を寿ぐお節かな

雪の朝ペンギン歩きの会社人

柊も鰯も無しや節分会

汚染土の行方不明や仏の座

喜寿傘寿二人暮らしや内裏雛

内裏雛

4．2020（令和2）年初春の詠句

鶏と豚《にく》二つに数え七草粥

誰も来ぬ二日酔なり喪正月

春愁の後ろ姿の受験子よ

年一回の喜寿の集いや節分草

残り畝数へつ青き麦を踏む

杖もなく歩む杣道《そまみち》土匂ふ

節分草

平成元年（1989年）にスタートした日本の消費税（3％）は、その後5％から8％（2014年）になり、スタートから30年後の令和元（2019）年2桁（10％）になった。増税の度に政府は、税収増の一部は新たに幼児教育や保育の無償化などに充てると言ったりしているが、国の借金抑制などに回す分などは減少している。

消費税の増税とオーバーラップしたコロナ禍が、消費者の懐や先行きへの不安を増幅させ、景気経済は大きく後退。加えて、ここ2年の豪雨や長雨と異常な天候による野菜や農産物の価格上昇や消費財流通コストの高騰が、消費者家計を圧迫している。

雇用環境の悪化や就職内定の取消しなどが人々の不安に、輪をかけている。

初春の世の中と世情

「Ⅲ」初春の世の中と世情

札付のマンドラゴラの怒る冬

マンドラゴラが怒るのは、掘られたからではない。始末が悪いからだ。厳しい冬になっても年が変わっても、原発（事故）のデブリや汚染水などの始末が見えない。遺構にもならない汚染土の黒い袋が、道路脇の耕作放棄地いっぱいに積まれている。

人居ぬ空家は荒み、山を下りたリスやイタチやハクビシンなどの小動物の巣み家になる。少子高齢化は、地方の小さな村が国に先んじる。

野積汚染土

1．2017（平成29）年 初春の詠句

藪入りやいつもの帰省青い空

酉年や吾のガス台に五徳無く

不安気な明日を告げる節分草

山下る荒屋ぐらしの冬の栗鼠

文字霞む外す眼鏡や春霞む

口開けて顔出す鯉に雛あられ

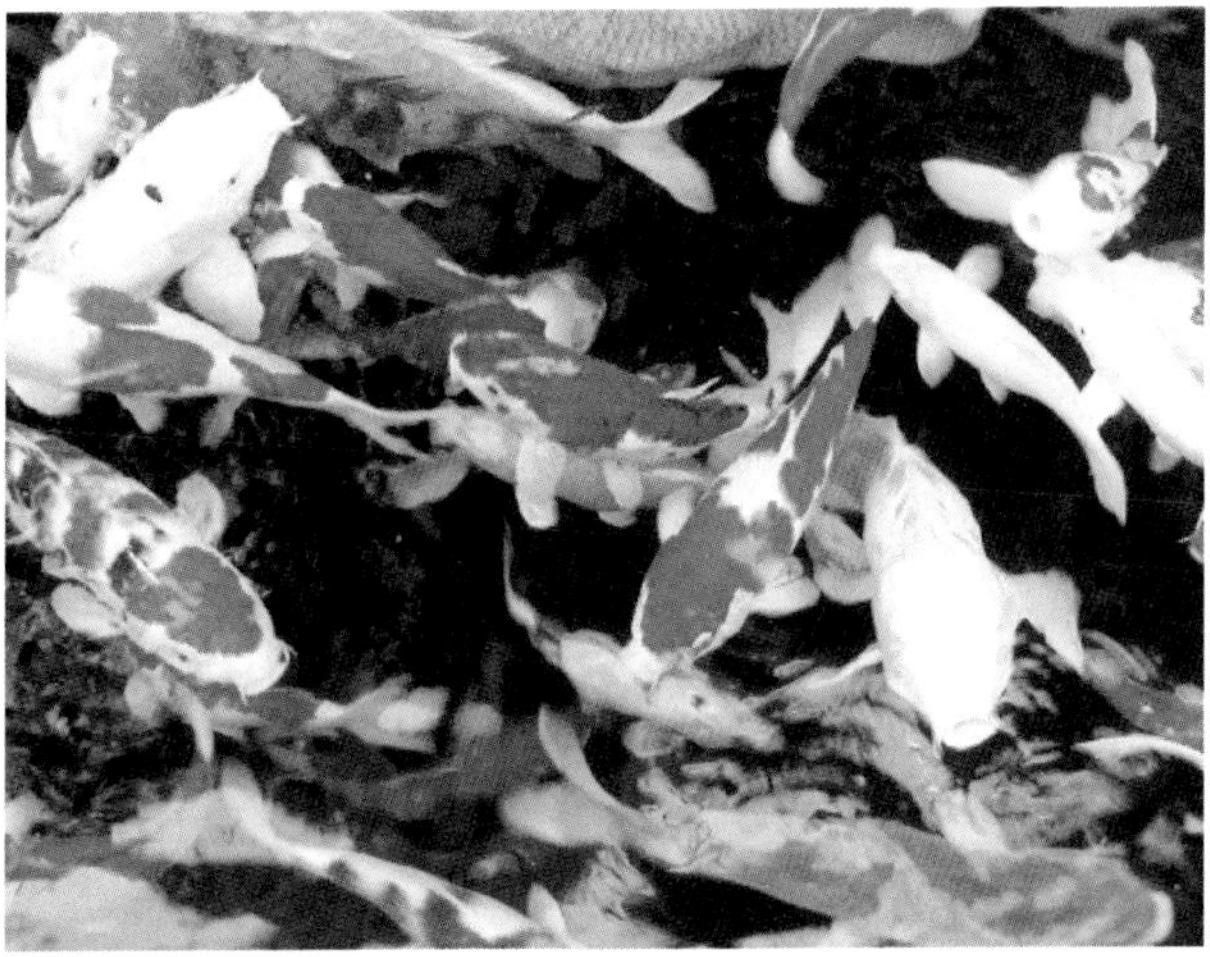

鯉 池

2．2018（平成30）年 初春の詠句

札付のマンドラゴラや怒る冬

買置きに又買い置きし鬼やらひ

兜太逝く残雪が画く反戦の字

ヒューヒューの風パルパリの薄氷

難題は原発デブリ春霞む

曇天や列車の窓の鱗状痕

兜太句碑

革命の年や激変の年といわれる丁酉《ひのととり》の2017（平成29）年は、大国の自国第一主義や覇権主義傾向を高めているが、一方で〝酉年〟は五徳のある年だといわれる。

二宮尊徳の五常講での五徳は、「仁・義・礼・智・信」だが、酉年の五徳は、「温・良・恭・倹・譲」だという。周りの人や生きものにやさしく、質実誠実に暮らし、譲り合って生きることを願う。

私撰句「酉年や吾のガス台に五徳なく」や「札付のマンドラゴラや怒る冬」にせず、自然や小さな生きものにやさしく暮らそうと思う。

3．2019（平成31）年初春の詠句

初相場米中GAFA乱高下

コーヒーとパンの朝餉鏡開き

水凍る池江璃花子の白血病

拡散すイタズラ動画類被り

平成の踊り場論議春の蠅

冴返る遺構にならぬ汚染土よ

汚染土の山

4．2020（令和2）年初春の詠句

千年の樹齢の巨樹に四方拝
母子草母にも子にも見向かれず
嘘デマがつくる人波白マスク
ウイルスも花粉も敵よ白マスク
逃水の運ぶコロナやホッピング
オオイヌノフグリの花に犬の糞

巨樹

西日本豪雨や北海道地震など前年の自然災害につづいて、豪雨や長雨による災害が多かった令和元年と2年。２０１９年5月1日(令和)天皇陛下が即位され、令和の時代がスタートした。

「国民に寄り添いながら、憲法にのっとり、象徴としての責務を果たそう」とする天皇陛下のお言葉が耳に残る。

〝スーパー○○〟に注目が集まった平成最後の年・平成31年ではあるが、スーパーマンやスーパーフードやスーパーボランティアなどへの興味を越えて、大いなる地球自然や山の木々巨木や小さな動物や虫たちや蝶などとの共生感覚を大事にしたいと思う。

仲春の自然と風景

「Ⅳ」仲春の自然と風景

雨上がり風に抗ふ一夏蝶

風に暖かさが感じられる頃になると、家々の花壇やキャベツ畑などにモンシロ蝶が舞う。水に温もりが感じられる小川には、蛙や泥鰌と小さな川魚や虫たちが遊ぶ。

村道や遊歩道の左右には、春を謳歌する小さな花々が多種多様。カタバミやハコベなど近所の道端などで見つけるが、貧乏草、母子草、仏の座など、漢字で憶えた野草の花々も多い。

うす紫のスミレやカタクリなども、春に色を添える。

カラスアゲハ

1．2017（平成29）年仲春の詠句

青い空千鳥ヶ淵や花筏
春うらら道路横切る子がも五羽
山歩き足湯の匂ひ菖蒲かな
きのうより色艶やかに雨蛙
葉の萎る鈴懸の木や夏日かな
鵜の岬花睡蓮の池巡る

鵜の岬睡蓮池

2．2018（平成30）年仲春の詠句

青い空ネモフィラ青と青い海
はとバスの帯広告の陽炎へる
花筏担ぐと群れる小魚よ
籔山や一若竹の抜きん出る
夜明け前鷽《うそ》と鵯《ひよどり》喧嘩鳴き
白鷺の飛立つ先の田守犬

ネモフィラ丘と青い空と海

日本で〝春〟と言えば、暦では3―4―5月あたり。ここでは4―5―6月の春から初夏にかけた時節を春としているのだが、改元月（5月）を中季にして仲春と言った。

春から初夏にかけての日本は、草木の芽吹きや緑と薫風を感ずる季節である。青の風景や青の世界を深い静けさで画いた東山魁夷画伯の青緑の風景に重なる。

私ごとになる（2017年までの10年、日本豆乳協会勤務）が、〝緑〟といえば、枝豆やエンドウなどのマメ科の植物。世界中で1万8000種もあるといわれるマメ科の植物だが、われわれが食用にしているものは7～80種。雑穀と言われ、多くは乾燥した乾粒状態で、大豆などは豆腐や味噌や豆乳などの加工食品になって食される。

3．2019（令和元）年仲春の詠句

平成の終りの空へ鷽《うそ》の飛ぶ

梅畑老夫のあとの雉一羽

雨上がり風に抗ふ一夏蝶

田植田の水の匂ひに酔ふ蝶々

葉桜を逆さに映す棚田かな

夕暮れの番ゐの雉や麦の秋

クロアゲハ

4．2020（令和2）年仲春の詠句

プラごみに逃げる穴なく亀の泣く
三密を避けたつもりの春の海
風を聴き葉裏を見せる風知草
雨まばら秘かに赤く花楓
朝早しうす紫の著莪《しゃが》の花
しくじりを慰める姉捩《ねじ》り花

捩草花

薫風に緑の香りや甘い薔薇の香りなどが重なる初夏。自然の草木や野山の小鳥や小さな虫や蝶たちと共生し、「生きている」という実感を認識する。

野山の緑や花々を愛でたり（視覚）、小鳥たちの囀りやせせらぎの音に耳をとられる（聴覚）。温む小川の水に足を入れてみたり（触覚）、木々の緑やバラの香りを嗅いだりする（嗅覚）。加えて、この時期は特に海の魚や山の山菜や春夏の野菜と果物に、舌鼓をうつ時節（味覚）でもある。

これらの五感に加えて、食べ物では甘味、酸味、塩味、苦味や辛味といった味覚（五味）などを感じさせてくれる時節でもあろう。

仲春の生活風景

「V」仲春の生活風景

浅沙咲く 蓼を摘まむ 湖畔荘

ツバメ（燕）が来る頃になると、田作りや田植の春たけなわシーズン。

農家の忙しさとは少し生活様式が異なる都会では、進学や新入学の子どもたちの通学や孫たちの発表会に忙しい。

令和になってのコロナ禍は、思いもかけない企業の内定取消しや大学入学式の省略などを招来し、若者の春憂う姿を演出した。

感染防止に気遣いし在宅自粛する日々が多くなった人々が、マスク姿でオシャベリを避けたショッピングに出る。

池の浅沙

1．2017（平成29）年仲春の詠句

鋤担ぎ急ぐ農夫や穀雨かな
退職し無位の暮らしや山笑う
清々し杉の窪地のこごみ採り
空と海青いネモフィラ青い風
人混みを避けて山里青いきれ
短夜や夜明ける前の散歩かな

杉林緑陰

2．2018（平成30）年仲春の詠句

燕来て土日農家の朝早し

囀りが目覚し代わり一人居寝

悲しきは電気柵なり棚田かな

吾と家と七十七路病みの無く

あいの風初宮詣り諏訪神社

夏芝居孫のバレーの発表会

電気牧柵

春から初夏にかけての時期は、若葉や青葉の香りや草木の緑や花々の匂いや香りを感じさせてくれる。特に、皐月なる仲春に、匂いや香りの濃さや薄さを感じる。

味覚や旨さなどの感じ方は個人個人千差万別。匂いや香りなどや第六感なども含め、これらを研ぎ澄ます時節が春から初夏のように思う。

これらの感覚も〝おしはかる〟という推量推察も、五感や第六感なども似た感覚と思っていたが、この頃は〝推しはかる〟ことは、忖度と言って少々異にするのだという。議員同士や役所などに〝忖度〟が付きまとわないよう祈る。

3．2019（令和元）年仲春の詠句

朝食は飲むご飯なり穀雨かな

花冷えや白寿の葬儀母の逝く

青い空ネモフィラの丘人人人

衣更え平成脱ゐで令和着る

晴間なく梅雨だるの日々低気圧

浅沙《あさざ》咲く藜《あかざ》を摘まむ湖畔荘

ネモフィラ丘

4．2020（令和2）年仲春の詠句

内定の取消し通知春落葉

チキン喰い遅筋運動春の蠅

朝散歩老いし二人や樟若葉

コロナ禍の八十八夜一人居す

剪定の明日の飛来初つばめ

衣更え自粛太りが恨めしい

つばめの巣

平成31年4月30日は、(平成)天皇陛下退位の日。翌5月1日令和の天皇が即位された。令和の時代がスタートした。

文字通り、青い空、青い風、青い海、青い山々の青い緑の仲春だ。緑の葉と青葉の違いもイマイチで、青い風と薫風の違いもあいまいなのだが、この時節の深い緑やその景色に心を休める。

このような時節に、アマゾンの〝ホール・フーズ・マーケット〟買収の情報に接する。あのナチュラルやフレッシュをコンセプトにした大手オーガニック・チェーン・スーパーマーケットをあのアマゾンが買収するのだという。ただ、ベジタリアンやサステナビリティなどと悠長にしていた自分を反省している。

仲春の世の中と世情

「Ⅵ」仲春の世の中と世情

野茨の叢咲く丘や子らの声

仲春は若者に厳しく、高齢者にやさしいのかも知れない。平成から令和へと見せかけの時代は変わっても、政《まつりごと》は変わらない。

思いがけずの新型コロナウイルスに、右往左往する政治。「マスクしろ」「3密を避けろ」「ディスタンスをとれ」と叫び、何かというとＧｏＴｏ何々。感染拡大は収まりそうもない。

人々は、病院には行くな来るなと四月馬鹿し、日雇いや派遣で働く人々はギグワークで不安する。

ギガワーカー例

1．2017（平成29）年仲春の詠句

靖国の標本木や花五輪

役人の忖度ばやり春霞む

夏霞明日が霞む永田町

政治家に断捨離願ひ更衣《ころもがえ》

野茨の叢咲く丘や子らの声

在るものを無いと云う夜夏霞む

靖国神社桜標本木

2．2018（平成30）年仲春の詠句

政《まつりごと》鷺乗せ流る花筏

四月馬鹿子離れ忘れ付添いす

人の居ぬ家ばかりなり春暮る

喜寿祝ふ竹馬の友や竹の秋

捨田畑後継ぎも無し八重葎

灯虫払ゐつ語り合う炉端

鯉のぼり（ネモフィラ丘麓）

平成30年までの10年は、景気後退低迷期。一方で、サステナビリティ（持続可能性）やゼロ成長などと言って、静かで落ち着いた装いをした時代。

概ねを人口学的に眺めると、平成元（1998）年の核家族の標準「親と未婚の子」世帯は、総世帯の12％だったが、平成30（2018）年はほぼ2倍の22％になった。3世代世帯は、41％（平成元年）が平成30年11％になった。

振り返れば、私撰掲載した俳句にも、忖度や嘘答弁を鷺などにしての政治への不服を、春霞むなどという言葉で示唆している。世の中は、限界村の無人家や廃屋および山や田畑の耕作放棄化や藪叢化などが進む。

3．2019（令和元）年仲春の詠句

平成を令和に繋ぐ昭和の日
万愚節令和令和のメディア人
いにしえの梅花の宴の令和かな
シナチクを酒の肴に竹の秋
ふる里は白一面の蕎麦畑
泥まみれ留守宅守る夏つばめ

蕎麦畑

4．2020（令和2）年仲春の詠句

病院は来るな行くなと四月馬鹿
ギグワーカフリータとどう違う春
コロナ禍の外出自粛雨安居
雨上がり濡れ手に高く茗荷の子
時差出勤マスクの人ら芥子坊主
山と虫みつの字同じ夏に入る

マスク、マスク

新しい元号や新しい天皇陛下の即位に喧噪している令和にあって、世の中は労働者の解雇や就職内定の取消しなどに新型コロナウイルスの感染拡大。

マスク姿でテレワークや外出自粛などをして自衛する人々と、街の居酒屋や飲食店などは営業の時短や店舗内のディスタンス取りなどに加え、仕出しや宅配利用などに苦心するも、顧客の確保にはつながらない。

派遣やフリーターの雇用まで減り、ギグワーカーなどという新しい雇用や働き方も所詮不安定。新型コロナウイルスと冬季増えるインフルエンザや普通の風邪の混在に、人々や病院の不安が高まる。

夏の自然と風景

「Ⅶ」夏の自然と風景

巾着田赤絨毯の曼殊沙華

青葉や深い緑が夏を知らせる。緑一色の野山や田畑の小さな虫や雀たちが、緑陰を探す。緑の中の真っ白な花や羽を広げて遊ぶ夏蝶が、私たちの目を休める。

棚田で真白く咲く沢瀉《おもだか》花や檜林に紫の小花を広げる岩団扇《いわうちわ》や山道の裏葉草などが、夏を語る。

夕暮れの灯に纏いつく蠛蠓《まくなぎ》を、一蛾が散らす。夏がスッキリする。

イワウチワ（岩団扇）

1．2017（平成29）年　夏の詠句

草も木も色いろいろや夏の山
杉木立木洩れ日の中クロアゲハ
静けさやせせらぎの音蝉時雨
蕎麦の花分け入る先の石切場
巾着田赤絨毯の曼殊沙華
青い空稲架掛《おだがけ》の先赤蜻蛉

稲架掛のある風景

2．2018（平成30）年 夏の詠句

蝦夷梅雨やハスカップ実の青の濃く

青嵐ケンとメリーの一本樹

赤まんま揺り籠にして夏の蝶

沢《おも》潟《だか》の真白き花や棚田堀

北向きの檜林の岩団扇

借景を逆さに眺む案山子かな

ハスカップ（美瑛深山）

夏をわが物顔にする花は、ヒマワリ（向日葵）。全国至るところにあるヒマワリ畑やヒマワリ丘なのだが、色多彩な花といったらルピナスやケイトウ。夏はやはり涼しげな花と言われれば、池や沼いっぱいに咲くハスやスイレンの花かもしれない。

しかして、目を中山間地の自然や山々に転ずれば、このところ話題になっている「森林バンク」構想。賛成。国土面積の3分の2を占める日本の山林。杉や檜などの人工林に限らず楢や椚などの雑木林まで、いま山の森林は手入れナシの荒れ放題。

手入れ、育木してもビジネスにならない日本の森林だが、保水や環境に重要な森林や緑なす自然環境を守ることは、日本の喫緊の課題。進めてほしい。

3．2019（令和元）年 夏の詠句

暴風雨葉裏に縋る子蟷螂

曇天の参院選や裏葉草

捨田畑若芽を過ぎし藜かな

静けさを破る一蝉雨後の朝

乾き田を逃げる蛙や落し水

牧柵にかかる猪《いのしし》引板の音

藜あかざ

4．2020（令和2）年　夏の詠句

青葉雨泰山木の花匂う

夕暮れの蠛蠓《まくなぎ》散らす一蛾かな

木洩日を探しつ遊ぶ夏の蝶

山の日や無時間生きる無言館

林道の叢咲く萩や風さやか

トンと見ぬ雀の親子刈田跡

泰山木花

夏は色どり。青い空に白く膨らんだ雲、青い海に白い波。真っ赤な太陽の昼と夜空の星。夏の花と競うように夜空を彩る花火。色とりどりの艶やかな大きな花火が、日本中の夜空を色どる。

しかし、四季の夏といったらやはり万緑を彩る花々。赤、橙、黄やゴールドやピンクと紫や青や白など、多彩な花々が夏を演出する。朝顔や夕顔の花とクチナシやマリーゴールド、千日紅や日日草なども夏を彩るが、夏といえば、やはりヒマワリ（向日葵）。

涼しげな夏の花といえば、池沼いっぱいに咲くハス（蓮）の花。少し小ぶりなスイレン（睡蓮）も同じ。上野は不忍池などの初夏の日が昇る少し前、池の端は蓮の開花を見ようとする人だかりだ。

夏の生活風景

「Ⅷ」夏の生活風景

長雨に木偶の坊なり半夏生

梅雨台風や長い梅雨寒が、海開きを遅らせた。梅雨出水や夏の豪雨が、街の家々にまで泥瓦礫を運ぶ。コロナ禍が夏を襲う。

マスク生活が新しい生活様式になり、秋彼岸の墓参もマスク姿で焼香する。

梅雨に続く夏の長い雨が夏野菜を不作にしコロナ禍が加わり、人々の夏の行動を委縮させる。これが新しい生活様式というが、これが大きく夏の景気経済を下ぶれさせた。

広島豪雨土砂災害

1．2017（平成29）年 夏の詠句

色どりがエネルギーなり夏野菜

猛暑日の鞄の中のボトル水

広島の七十二年忌雲の峰

里山の蔓蔦藪や葛一花

尻もちで抜きし草の根茜空

バイパスの標《しるべ》の白き蕎麦の花

夏野菜

2. 2018（平成30）年 夏の詠句

梅雨台風家も田畑も泥瓦礫

真夏日や引越し手伝い孫の守

平成の夏痩知らず喜寿になり

バスの旅野菜カレーのラワン蕗

人を見ぬシャッター街や蝉の声

秋茄子の一夜漬喰ふ一人食《は》み

熊本南部豪雨災害

政府や日銀の言い分と少々異なる一般消費者の家計。ここ5～6年の消費者市場は、多くの分野において縮減傾向。総務省統計局の家計調査（総世帯平均／全国）をみると、ここ3年の世帯平均の年間消費支出額は、2014年302万円、15年297万円、16年291万円と低減している。

勤労者の平均年間賃金所得も、ここ5年410万円台を前後して停滞している。

家計消費支出額が横ばいから低減傾向にある中、家計の食料費支出はここ5年微増している。〝食べること〟の節約は難しいということなのか、多くの女性が外で働き時短や労短を指向し、家事や子育てで汗しているのだから、家事や食事では時短するようにし、外食や中食にかける支出が増えているかららしい。

3．2019（令和元）年 夏の詠句

梅雨寒や公民館の海開き

長雨に木偶の坊なり半夏生

渋滞避け人人人の道の駅

空蝉を枝ごと採って違い棚

人を見ぬ限界村や萩の風

忘れ物何かを忘るる秋の暮

半化粧

4．2020（令和2）年 夏の詠句

梅雨出水町家の二階泥瓦礫
高値なり夏野菜避け鰻買う
新たなる暮し様式秋団扇《うちわ》
空蝉の老いに厳しき猛暑かな
名を忘れ笑顔笑顔や茗荷汁
秋彼岸マスクしたまま香を焚く

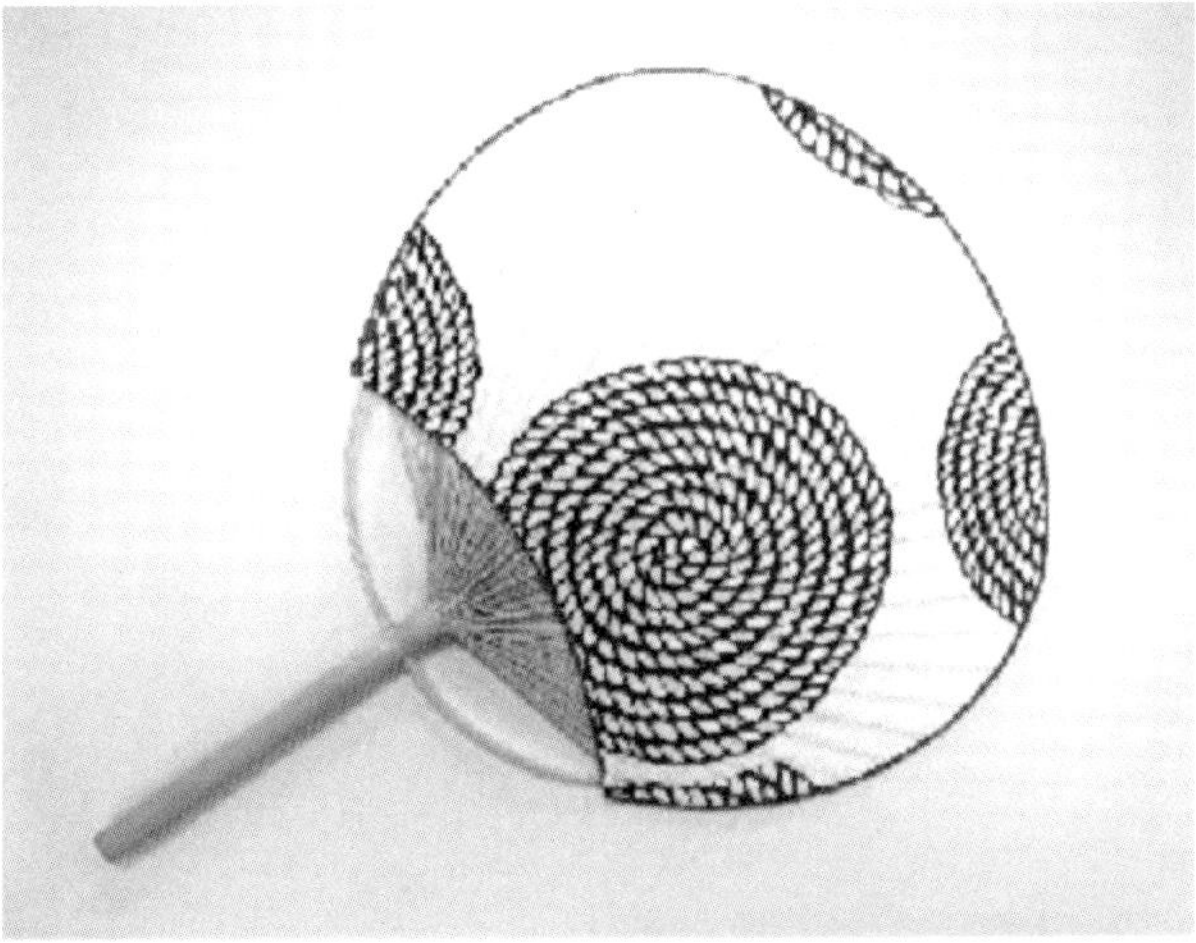

うちわ

梅雨明けのメドとされている半夏生は、大体（新暦）７月２日。すでに20日ほど過ぎているのに、明ける気配がない今年（２０１９年）。梅雨明けしていないというのに、今日７月20日は土用（土）。

土用という期間は、大体18〜19日間。土用は、夏だけにあるわけではない。春、夏、秋、冬それぞれの四季に〝土用〟がある。土用には、土木工事をはじめ〝土を動かすようなこと〟に着手しない方がよいとする戒め風習がある。

ただし、四季のどの土用にも間日《まび》と言って、この障りがないとされる日がある。各季、３日ぐらいだ。

夏の世の中と世情

「Ⅸ」夏の世の中と世情

コロナ禍や自粛の夕べ遠花火

ダム決壊での土砂泥流洪水や、幾度となく来た台風や豪雨災害の後の新型コロナウイルス感染。加えてまだ、原発（事故）の核廃棄物や汚染水などの処理や行方が見えない。

世界の大国のリーダーたちは自国第一や覇権主義に走り、国の内政や外交などをツィート発信する。ミサイルや貿易も新型コロナウイルス問題も同じ次元にし、国の姿や国際外交の方向を示さない。

新しい生活への変容や新しい生活様式をというが、庶民には新しい国の姿や方向が遠花火になる。

渋谷ハロウィン

1．2017（平成29）年 夏の詠句

ピーヒャラピ笛の音かすか熱中症

夏嵐背《せ》赤《あか》苔《こけ》蜘蛛火蟻かな

夏嵐ゲリラ豪雨とミサイルと

大国のツィート外交鳳仙花

きょうも雨仕事終らず落し水

追込まれ逃込む鯰木賊《とくさ》かな

鳳仙花

2．2018（平成30）年 夏の詠句

ダム決壊土砂泥流の広島忌

じゃが芋に負けぬ白さよヒメジオン

山の日の山診るヘリの事故を聴く

カミナリが誘ひしゲリラ豪雨かな

病む国の治せぬ明日秋の鬱

トリチウムとり違えるな秋憂ふ

原発汚染土

2017（平成29年）7月2日東京都議会議員選挙は、小池百合子氏の都民ファーストの会（党）が圧勝。小池チルドレンが55人も誕生した。元議員を別にすると約40人、その半数ほどが若い女性。政治や議員が遠いと思われた女性のフレッシュな力に期待すること大だ。

ヒトが二人以上集まると、妥協や合意が難しくなる。ただ長いキャリアの先輩や上司に妥協するだけでなく、ご自分の考えや信ずることを発出してほしい。「いどむ、はげむ、つとむ、いそしむ、おさむ、きわむ」の〝六む〟に努めてほしい。

3．2019（令和元）年　夏の詠句

京アニメ黒き焼け跡梅雨寒し

鬼芝居猗窩座《あかざ》の朝餉藜《あかざ》かな

八月や限界村の笑い声

台風の行方何処や不眠症

黍嵐《きびあらし》水も電気も屋根もなく

秋愁ふ不忍池友偲ぶ

南房総市（15号後）ブルーシート

4．2020（令和2）年 夏の詠句

毒消しに食す酢だこや半夏生

トラベルをトラブルと云うGoTo夏

断腸の思いの辞任秋《あき》団扇《うちわ》

コロナ禍や自粛の夕べ遠花火

ウイルスに体を貸して秋《しゅう》気《き》満《みつ》

雨上がり稲《お》架《だ》掛《がけ》の端雨蛙

遠花火

第2波に入ったともみられる新型コロナウイルス感染にも、どこか遠花火のように過ぎ、在宅自粛を旨としマスクで暮らす。ＧｏＴｏトラベルやＧｏＴｏ◯◯キャンペーンの中、感染拡大は続き第3波に入ったらしい。

年々増えている豪雨や台風による災害や地球環境の悪化。原因は、温暖化ガスによる地球の温暖化だというが、それだけではない。

私たち人類はこの2000年、ひたすら便利のために〝モノゆたか〟を求めてきた。衣食住に快適な環境を求め、生活の便利を探求し、電気ガスにクルマや船舶航空機およびコンクリート建造物や道路鉄道などを増設し、これらの廃棄物に食品ロスまで加え、廃棄ゴミで地球への負荷を増やしてきた今がある。スリムな生き方を求めなければならない。

晩秋の自然の風景

「X」晩秋の自然と風景

トゲトゲの枯梅檀にしじみ蝶

黄や赤の紅葉が少しづつ茶褐色混りになり、秋が深まる。高い山の麓や里山には、まだ 山漆や櫨などの真っ赤な紅葉が残る。

ＧｏＴｏトラベルが紅葉狩りや観光ライフを勧めるが、峠路に渋滞するクルマやバスの人々は、クルマの窓からの紅葉狩りに目をそばめる。

落葉が冬支度を呼びかける。コロナ禍でのマスクやディスタンスが、ゆったりした観光や温泉浴をさせてくれない。

紅葉狩り

1．2017（平成29）年　晩秋の詠句

池囲む紅葉艶やか毛越寺《もうつうじ》
遠刈田棚田の稲架《はざ》や秋の霜
秋深し筑波の裾の柿の里
冬ざれや棚田の脇の添水跡
真っ赤なり飯桐の実や池の茶屋
暮なずむ藍色の空鳥帰る

毛越寺紅葉

2．2018（平成30）年　晩秋の詠句

露霜を纏ふ白さの刈田かな

秋深し尾瀬の木道を歩荷かな

黄金なす唐松林風の音

行く秋の逆さ紅葉の茶屋の池

眩しきや朝陽に光る初霜よ

せせらぎに合わす鳴き声鷦鷯《みそさざい》

赤城自然園の秋

秋は北から南まで順番に、紅葉の季節。一般には、カエデ科やウルシ科、イチョウ科やカバノキ科やブナ科などの紅葉《こうよう》、黄葉《おうよう》、褐葉《かつよう》が、紅葉《もみじ》と呼ばれ 秋の観光を賑わす。

常緑樹の中にも紅葉するもの（スギなど）があるが、紅葉といったら落葉広葉樹。草や低木などの草紅葉《くさもみじ》も目立たなく、紅葉狩りを支える。

桜の開花を知らせる桜前線は有名だが、日本には紅葉前線もある。北海道の大雪山の紅葉から始まり、9月頃より約1カ月かけて東北（10月）、関東から西日本（11月）、九州（12月初旬）まで南下する。奥入瀬（青森）や那須日光（栃木）や京都の寺社などが有名な紅葉観光地だが、高崎の赤城自然園や千葉の亀山湖や小松寺や東京の高尾山の紅葉もおすすめだ。

3．2019（令和元）年　晩秋の詠句

風さやか秋桜《コスモス》畑空青し
トゲトゲの枯栴檀《せんだん》にしじみ蝶
末枯れて益々赤き櫨《はぜ》紅葉
清里のブナ唐松や冬隣り
楢林落葉に紛るるアカタテハ
イノシシの穿る庭に黄水仙

櫨紅葉

4．2020（令和2）年 晩秋の詠句

ふじ袴花も香りも斑かな

解体の瓦礫の中の赤まんま

山裾に真っ赤に叢咲く櫨《はぜ》紅葉

峠路のクルマの窓の紅葉狩り

アカタテハ落葉とワルツ風避けて

風の塔ミサゴの餌《えと》奪る寒鴉

紅葉渋滞いろは坂

ＧｏＴｏトラベル（観光事業支援）キャンペーンのねらいは、紅葉狩りの秋旅をターゲットにしたようだが、来年の東京オリ・パラ（２０２１年）前の6月までを計画しているらしい。4月末から5月初旬のゴールデン・ウィークを再ターゲットにしているようだ。

9月〜11月の秋は観光シーズンだが、台風の季節でもある。8—9—10月は、概ね月5個ぐらいの台風が発生する。年初めの1〜2月も含めての7月までと11月までの台風も入れると年間2〜30個の台風が発生する。日本への襲来は、2〜30%だという。とはいっても、9月26日は台風記念日。

天気予報とコロナ感染情報の間を縫って、フトコロと家族や友人たちとの生活情況を調整し、秋から晩秋の日本の自然を紅葉狩りして楽しんでほしい。

晩秋の生活風景

「XI」晩秋の生活風景

地図に無き人気なき里木守柿

秋が深まり冬の近づきを感ずる頃になると、晩秋の景色を満喫したいと思う人と、家に籠りたいと思う人に分かれる。

芭蕉の跡や紅葉の温泉を観光したい人もいれば、少しの暖かさを得て家の前の小川で野菜などを洗いたいと思う人もいる。

誰もが、ＧｏＴｏトラベルやＧｏＴｏイートやイベントに乗れるわけではない。

台風や豪雨の災害跡をみたり、田畑を荒らすクマやイノシシの捕獲囲い網をみたりする晩秋。

茶屋の池

1. 2017（平成29）年 晩秋の詠句

芭蕉跡巡るバス旅秋の雨

母訪ぬ目と目で会話秋深し

銀杏《いちょう》散る介護ホームの朝早し

イノシシの穿る庭や小春かな

日月《にちげつ》を注連縄《しめなわ》に綯う老夫かな

怖々とハの字で歩く落葉坂

芭蕉跡

2．2018（平成30）年 晩秋の詠句

間引菜を水洗ひする老婦かな

山寺に芭蕉の跡や秋深し

帰省子の振り向く肩に帰り花

二人乗るドラゴンドラや赤紅葉

年忘れ子らに混じって草野球

断捨離を来年にして煤払ひ

ゴンドラ紅葉狩り

〝害獣〟といえば、すぐ思い浮かべるのはハクビシン（白鼻芯）だが、近年はイノシシ（猪）。どちらも雑食性で、果物や農作物を食べるが虫や小動物なども食す。中山間地や農耕地に生息し、イノシシは農地の田畑や住宅の庭などを、ハクビシンは市街地住宅の屋根裏や軒下および空家などに巣を作って暮らす。

山の害獣動物から人間が受ける被害は様々。①肉体的な被害を受けたりするクマやイノシシ、②田畑の農作物に被害を受けるニホンシカやサルやイノシシなど、③ヒトが飼っている家畜や養魚などに被害を受けるタヌキやキツネやイタチなどや、④庭芝や庭園畑などを荒らすモグラなどと、糞尿などで街や住宅を汚染させるネコやコウモリやムクドリなどとネズミ。

このような害獣であっても、この地球にわたくしたちと共生している。殺傷だけでは解決しないことを認識したい。

3．2019（令和元）年 晩秋の詠句

川静か佇む老夫根釣りかな

朝風呂の三朝温泉秋の風

鬼灯を鳴らす少女のおちょぼ口

嵐往き秋刀魚焼く庭泥瓦礫

地図に無き人気《ひとけ》なき里木守柿

週二日会社勤めや帰り花

木守柿

4．２０２０（令和２）年　晩秋の詠句

デジタル化どこ吹く風や猪囲《ししかこい》

名月を一人占めして夕端居

初霜や一歩一歩の靴音の鳴る

着膨れを脱げず一日過ぎにけり

軍手脱ぎ息吹きかける悴む手

３密を避ける暮らしや冬ざるる

猪囲い

アメリカはカリフォルニア州で止まない山火事や、オーストラリアの山火事。自然が発生源の災害かもしれないが、人類以上に山や林を生息域にする大小多様な動物や小さな生きものの被害の方が大きい。

山林隣接住宅の火災や山を分けて走る道路事故火災や、ダム決壊災害や原発事故災害などによる火災の類焼で、山火事になるようことがあってもいけない。

バブル期にやたら山や林の中につくられた別荘やコテージやキャンプ場などが、人住まぬ人の居ぬ荒れ藪叢地になっている。別荘村へのアプローチ道路脇に、不用になった家電器具や損壊した家庭用品や廃棄ゴミなどが不法廃棄されている。かような環境破壊行為があってはならない。

晩秋の世の中と世情

「XII」晩秋の世の中と世情

山茶花を遊び場にする四十雀

少し前のバブル景気に拡がった林間のコテージやペンション村に、水が来なくなっているという。別荘地やペンション村が藪叢化して、人を見なくなっているという。

東京オリパラリンピックの会場や選手村のビル群などの箱もの建設は進んでいるが、Cop25や日米蜜月の約束などは、その実現や展望をみせない。

十年前の震災や年々くる豪雨が運んだ瓦礫の山や、原発（事故）の汚染土や汚染水の処理や行方も決まっていない。コロナ禍の収まりや終息も見えない。

清里高原

1．2017（平成29）年 晩秋の詠句

雨宿す廂に並ぶ吊し柿

作法無し椋鳥のごと総選挙

振袖の大人の仕草や七五三

日米の蜜月あやし冬構え

唾飛ばす井戸端会議柿たわわ

日本海漂着船の荒《すさ》ましき

酉市七五三

2．2018（平成30）年 晩秋の詠句

豊洲へのターレの列や秋惜む
口先の約束甘き一位の実
万博の夢の島洲の冬構え
なべくらのブナの林の冬支度
黄なる柚子たわわなりけり空家裏
水の来ぬペンション村や枯葎

ターレの引越し

日本が平成・令和の改元期にある時分、２０１７年1月20日米国（ＵＳＡ）はトランプ大統領が登場した。〝反ワシントン〟とアメリカ・ファーストを掲げ、民主党のヒラリー・クリントンを破って当選。議員経験のないビジネスマンがアメリカの大統領になった。

厳格な移民政策で、メキシコとの国境の〝壁〟をつくると言ったり、自国（アメリカ）第一主義を主張し、ＴＰＰの離脱や気候変動パリ協定（Ｃｏｐ25）の離脱を表明して、世界各国の国際協調路線に水を差した。中国との貿易戦争や覇権主義を競っている。

２０２０年11月3日、米国大統領選挙でトランプ（現職）大統領は、民主党のジョー・バイデンに敗北した。中国との大国装い覇権主義路線や国際協調路線の今後の方向についての関心が高い。

3．2019（令和元）年　晩秋の詠句

悩ましや原発デブリ秋の鬱
羽たたむ浅葱斑《あさぎまだら》や藤袴
昭和去る大女優逝く秋の暮
羽広げ日向ぼっこの冬の蝶
Cop25空約束や水涸るる
山茶花を遊び場にする四十雀

アサギマダラと藤袴

4．２０２０（令和２）年　晩秋の詠句

親子孫鬼滅の刃や雁来紅

四六時中片付けものや秋の雨

気嵐に吐く息消され怒る鹿

秋ざくらいい夫婦の日ドラえもん

３密も３Ｋもイヤ３高の人

冬至の日ナベか風呂かで柚子迷ふ

気嵐　気仙湾

２０２０年3月11日、ＷＨＯパンデミック宣言が発出された新型コロナウイルス感染拡大が収まる気配を見せない。２０２０年9月16日、日本の首相が安倍晋三氏から菅義偉氏に変った。コロナ禍で世の中が不安喧噪にある時分、新しく発足した菅総理菅内閣が、日本の今と２０２１年や近い将来をどのような姿にしてくれるかについての関心が高い。

12月1日、今年（２０２０年令和2年）の新語・流行語大賞（ユーキャン）が発表され、大賞に〝3密〟が決まった。２０２０年2月～3月発生感染が始まった日本のコロナ感染拡大傾向は、11月を過ぎても収まりそうにない。日々、政府や自治体や医療関係から発出発信される〝感染防止キャンペーン〟のキイ・ワードが、マスク、手洗いにつづいて〝3密〟（を避ける）であることをみれば、3密の大賞は当然。漢字の日12月12日に発表された「ことしの漢字」も〝密〟。

新語・流行語大賞候補ワード（30語）やベスト10語の半分近くを、コロナ関連語が入ったことに２０２０年の時勢がわかる。

―あ・と・が・き―

令和になって初めての正月元旦を迎えた日本に、新型コロナウイルスが襲来した。

令和二（２０２０）年1月16日、日本で初めてのコロナ感染（肺炎）患者が確認（厚労省発表）された。中国・武漢などへの渡航歴のある神奈川県在住の三十代の男性だという。

ＷＨＯがパンデミック宣言を発出した２０２０（令和2）年3月11日、日本のコロナ感染者は６２０人（死者１５人）も含め、世界（全体）の感染者は12万人（死者４３００人）であった。

令和二（２０２０）年も終わり、パンデミック宣言から10ヵ月経った令和3年（２０２１）年1月11日の日本の感染者は29万人（死者４８００人）。同日の世界全体の感染者は、９０３０万人（死者１９３万人）と文字通りのパンデミックになった。


世界中コロナ禍の２０２０年だったがほぼ1年前の日本は、多くの人々が改元という時代の変化を希望的に意識した。この時期の四季や生活の風景を私の俳句やエッセイにしてまとめて置きたいと『四季を重ねる俳句集』にしました。

いつものことですが、〝本〟にするにあたり表紙絵や12章の扉絵を描いてくださった知友の谷内田孝氏と編集と出版の労を受けてくださった湘南社の田中康俊氏に、この場を借りて感謝申し上げます。

令和3（2021）年3月吉日　吉澤兄一

●著者プロフィール

吉澤兄一　よしざわけいいち

1942年神奈川県生まれ
東京都板橋区在住
茨城県立太田第一高等学校
早稲田大学政経学部卒業
調査会社、外資系化粧品メーカー、マーケティングコンサルタント会社などを経て、現在、キスリー商事株式会社顧問。

著書
『超同期社会のマーケティング』（2006年 同文館出版）
『情報幼児国日本』（2007年 武田出版）
『不確かな日本』（2008年 武田出版）
『政治漂流日本の2008年』（2009年 湘南社）
『2010日本の迷走』（2010年 湘南社）
『菅・官・患！被災日本2011年の世情』（2011年湘南社）
『2012年世情トピックスと自分小史』（2012年湘南社）
『マイライフ徒然草』（2013年湘南社）
『私撰月季俳句集 はじめての俳句』（2015年湘南社）
『私撰月季俳句集 日々折々日々句々』（2016年湘南社）
『私撰俳句とエッセイ集 四季の自然と花ごころ』
（2018年湘南社）
『平成三十年喜寿記念　月季俳句　百句私撰集』
（2018年湘南社）
『平成三十年間の抄録』（2019年湘南社）
『令和元年の四季と世の中』（2020年湘南社）
『コロナ禍の日本の風景とエッセイ』（2020年湘南社）

常陸太田大使
キスリー商事株式会社顧問
e-mail：kyoshizawa.soy@gmail.com
吉澤兄一のブログ : http://blog.goo.ne.jp/k514/

●カバー表紙画・挿画＝谷内田孝

四季を重ねる俳句集・二百八十八句

発　行	2021年4月10日　第一版発行
著　者	吉澤兄一
発行者	田中康俊
発行所	株式会社　湘南社　http://shonansya.com
	神奈川県藤沢市片瀬海岸3－24－10－108
	TEL 0466－26－0068
発売所	株式会社　星雲社（共同出版社・流通責任出版社）
	東京都文京区水道1－3－30
	TEL 03－3868－3275
印刷所	モリモト印刷株式会社

ISBN978-4-434-28807-4　　C0095